우렁각시의 꿈

우렁각시의 꿈

김한하 시화집

징검다리

사람은 살기 위해 밥을 먹는다.

내가 글을 쓰는 것도 밥을 먹는 것과 같다.

글쓰기 전 내 삶은 세상과 타협하지 못하고

가야할 길을 찾지 못하는 방황의 삶이었다.

언제부터인가 내 속의 말을 글로 풀어내기 시작하였다.

글을 쓰면서부터 막혔던 숨통이 트이고 내가 무엇을 하고 싶은지 알게 되었다.

매일 매일 밥을 먹는 것처럼

그렇게 나의 글쓰기는 내 삶의 희망이 되고 의미가 되었다.

그리고 내가 숨을 쉬고 살아갈 수 있는 힘이 되었다.

글을 쓰고, 사진을 찍으며, 난 어떤 일을 할 수 있는 사람

임을 깨닫게 된다.

첫 시화집이 나오기까지 내가 시인 임을 잊지 않게 해주신 교수님과 격려를 아끼지 않았던 지인들께 어쭙잖은 이 글로나마 감사의 인사를 대신한다.

차례

II_ 흙내음이 물씬 코끝을 스치면

III_ 내 볼은 어느새 보름달이 되고

VI_ 기도 한 번 하지 않는 나를

I

내 귀는
환호성을
질러대고

봄 햇살

산 그림자마저
연두 빛으로 물들겠다.

어찌 그리 투명한지
처녀 속마음까지도 훤히 들여다보겠다.

추운 겨울, 아직 잠도 덜 깬 숲
제비꽃과 눈 마주치다

부끄러운 봄 햇살
얼굴 더욱 붉었다.

샹그릴라_
누구를 기다린다는 것, 누구를 그리워 한다는 것 모두

봄 햇살

차마고도

문득 벼랑 끝에 있는 너와 눈이 마추쳤지

봄바람

간밤에 초목들
바람이 났나 봅니다.

비바람 끌어안고
밤새 뒤척이더니

초야를 치른 새색시처럼
수줍은 연두 치마 폭

물방울 잎새마다
햇살 머금고

풋내음
여린 싹들 돋아납니다.

어느 봄날

이름을 대면 다 알만한 시인의 말 좀 들어보려고 발걸음을 재촉하는데 오래된 고목들 수런거리는 소리가 경기전 담장 밖까지 들려오고, 제 시간에 도착하지 못한 시인을 기다릴 동안 하릴없이 내 귀는 자꾸만 경기전 쪽으로 쫑긋거리고

늦어서도 미안한 것 같지 않은 시인도 그렇고, 그런 재미없는 이야기는 자꾸만 내 귓속에서 밀려나고, 고목나무 새싹들의 수런거리는 소리는 환청처럼 자꾸만 나를 부르고, 어두운 강의실을 뒤로 하고 경기전 뜰 안으로 들어섰을 때

내 귀는 환호성을 질러대고, 시인의 열 마디 말은 한 마디도 남아 있지 않고, 고목에서 피어난 초록 잎새들의 소곤거리는 말소리, 여기저기에서 봄볕처럼 도란도란 내려깔리는 어느 봄 사월 경기전의 봄나들이

차마고도_
집에 두고온 우리딸 생각이 간절했지만

어느 봄날

옌징_
사람은 떠나도

옥정호의 새벽

하늘과 호수가 하나가 되었다

밤과 낮이
낯선 회색빛 속에 숨어들었다.

주인 잃은 작은 배 저 혼자
밤새 호수를 지키다

물안개 백로를 타고
솟구쳐 오를 때

산 너머 달려온 아침
반갑게 맞으러

촉촉한 얼굴 길게 내밀었다.

지리산

산이
구름 속에 얼굴을 묻었다

그 속을
한 발 한 발 오르고 있다.

젖은 발자국들 위에
또 하나의 발자국들이 오른다.

한 발 한 발 오르면
한 발 한 발 뒤로 사라지는

오르고 내리는 시간들이
산 속에 묻혀 있다.

풀은 풀대로

나무는 나무대로

바람과 구름과

그 많은 이야기들을 몰래 숨기고

오지도 가지도 않았다는 듯

시치미 뚝

빠리마을_
그곳에서 또 새로운 인연을 만들고

노고단 운해

지리산 노고 할매 바다를 훔쳐왔다.

반달곰이랑 산노루 용궁에서 놀겠다.

천왕봉 반야봉 파도와 숨바꼭질하고

바다 너머 아침 햇살 어서 오라 하는데

서쪽 하늘에 조각배만 하나 떠있다.

심포항

하나 둘 고깃배
부두로 돌아와

먼 바다 이야기 조랑조랑
풀어 놓는데

저무는 바닷가에
날개 접은 저 갈매기

누구를 기다리듯
깃을 세우나

조공_
빨리 달린다고 시간을 앞 당길 수는 없는 일

심포항

가을이 간다

가을이 달음박질친다.
쫓아가는 이도 없는데

무엇이 그리 급한지
길거리에, 여름 옷가지 후두둑 벗어 던지고

봄 여름 한 몸처럼 지내다
길거리에 나앉은 저 옷가지들

여기저기를 방황하다
벌거벗은 가을이 저만치 간다.

'

풍남문 시장

풍남문 추녀 끝에
참새들이 모여 짹짹 거린다.

햇살은 은행나무 이파리에
얼굴을 묻고

늙은
청소부 아저씨는

추억만 남은 대나무 빗자루로
남은 여름을 리어커에 쓸어 담는다.

주름살마다 송글 송글
땀방울이 고인 시골 할머니들

고추, 가지, 고구마 순, 호박 몇 줌을

노점 한구석에 놓고 졸고 있다.

흘러간 유행가가
엿가락처럼 흘러내린 골목에서

붉은 노을처럼 비틀거린
사내 하나가

무성영화처럼
여기저기를 기웃거린다.

아스팔트도 길게 늘어진
2007년 어느 여름

옌징_
밤사이 할머니 이야기를 듣고 싶어 자라난 소금 고드름

어떤 조문

_도축장에서

뿌옇게 뿜어 올리는 소독약으로
햇살이 무지개를 만들었다.

사내들 몇이 냉동탑차 옆에서
줄담배를 물고 있었다.

운명처럼 제 옷을 훌훌 벗어버리고
사내들 등에 업혀 나오는 하얀 주검들

죽음은 또 다른 이들의 꿈이 되는지
유리 냉장고 진열장 안에서

한 점 한 점 붉은 선혈들이
화려한 꽃으로 다시 피었다

국밥집 참새

국밥집 할머니는 무서운 게 없습니다.
쌩쌩 달리는 차들 사이를
무대포로 달려 나가기도 하고
"호랭이 물어갈 놈"
"짐승만도 못한 것들", 입에선
시도 때도 없이 욕들이 튀어나옵니다.

국밥집 앞에는 늘 진돗개가
늘어지게 잠을 자고 있습니다.
그 옆 시멘트 바닥엔 아침마다
반찬 없는 밥상이 하나 차려져 나옵니다.
한 무리의 참새들이 날아와
아침 식사를 합니다.

실눈 뜨고 잠시 귀찮은 듯 바라보다
모른 척 다시 잠을 자는 진돗개나

옆에 개가 있어도 아랑곳없이

밥알을 주워 먹는

참새들의 풍경이 일상인 듯합니다.

샹그릴라_
앞만 보고 달릴 수 있다는 것도 큰 축복이겠지

새벽을 여는 사람들

공사장 한 켠 드럼통에
사내들이 불을 지핀다.

굶주린 짐승들처럼 혀를
날름거리며 어둠을 태운다.

등 굽은 사내가 허리를 펴고
어깨의 묵은 먼지를

불 속에 털어 넣으며
고단한 잔해들을 하늘로 태워 올린다.

멀리서 들려오는
새벽의 달음박질 소리

주름진 사내들의 얼굴 위로

햇살이 어른거린다.

라울라산
가도 가도 끝이 없는 굽이 굽이 산언덕

카라

우리 집 옆 신발가게 요즘엔 장사가 안 된다고 꽃을 가져다 팝니다. 노란 후리지아를 한 단에 천 원 받고 하얀 잔뿌리가 투명한 히야신스는 삼천 원에 팝니다.

철쭉도, 수선화도 한 번쯤 향기로 빛깔로 제각각 뽐내고 있었지요. 그런데 늘씬하고 하얀 카라를 데려오고 나서부터 다른 꽃들이 영 행복해 보이질 않아요.

얼마 전 신발가게 옆 붕어빵 집에서 후리지아 꽃을 팔았을 때 신발가게 언니의 얼굴과 꼭 같은 모습들이에요.

덕흠 가는 길_
주인공이나 구경꾼이나 모두 한마음으로

카라

_II

물씬 흙내음이

코끝을

스치면

풍란

기와에 풍란을 붙인다.

오래 입은 옷처럼 자연스럽다.

뿌리 내릴 흙 한줌 움켜 쥘 수 없지만

그래도 버틸 공간이 있다는 것

이, 얼마나 든든한 일인가

베란다 한 켠 기와 위에

난꽃 하나 피어 있다

고들빼기

절집 담장에 고들빼기
보금자리 잡았다.
뭐 그리 궁금한 게 많은 지
고개를 쭈욱 빼들고
담장 안을 기웃 거린다.
스님들 발걸음도 조심스럽다.

란우호
아직 이루지 못한 꿈들을 실현시킬 수 있을 것 같은

금낭화

인적 없는 산사에
누구를 기다리나
어여쁜 새악씨
초롱불 밝혔다
처마 끝 풍경 소리도
나그네 발걸음도
조롱조롱……
이 환한 봄날에

임지

겨울 아침 대문을 빼꼼히 열고 고개를 들이밀던

동냥아지 할아버지가 그리운 날

금낭화

옥잠난

울긋불긋해야만 꽃이다더냐

어둠속에서 더욱 선명한
너의 상처 느낄 수 있어

있는 듯 없는 듯
가슴에 든 푸른 멍울 지울 수 없어

차가운 네 미소 한 자락에도
내 가슴 이렇게 뛰고 마는 걸

파쇼
저 나귀도 집에 돌아가면 엄마 아빠가 있을까?

자운영

들판에 보랏빛이 은하수로 깔렸다.

어둠을 밀고 달려온 아침 햇살도
저렇듯 와르르 밀려들진 않았을 것이다.

가시란 가시 모두 세우고
제 한 몸 지키려 이삭 피워 올린

보리들의 푸르름 무색하도록
온 몸 풀어

대지와 한 몸이 된
보랏빛 사랑 천지를 덮었다.

복수초

빈 가슴에 늘 바람이
자라고 있었나 보다

저리도 여린 것이
탐스런 꽃대, 쑤욱 밀어 올리다니

흙내음이 물씬 코끝을 스치면

눈 속에서도 먼 산으로 내 발길을
옮기게 했던

그것은 너였구나
겨우내 봄바람을 키운

리장고성_
소원은 물줄기를 따라 한없이 흐르고

복수초

민들레 홀씨

그렇게 먼 길을 돌아온 건 아니었어.
잠시 보이지 않는다고 떠난 건 아니야

머물 수 없는 것이라면 잡지도 말아야지
가는 길에 은빛 햇살 한줌 가방에 넣어주며

잘 가라 가볍게 인사하고 돌아서
가다가 지치고 힘들어

그곳이 쉴 곳이라 생각들 때
마음 탁 풀어놓고 앉았다가

바람결에 문득 스치는 게 있다면
꼭 내가 아니어도 돼

그 곳 그 시간, 너는 그곳에서

또 다른 너로 살아가면 돼

비래사 관망대.
멀리 메리설산은 3대가 덕을 쌓아야
구름이 걷혀 그 모습을 볼 수 있다는데

현호색

산은 오래 전부터 가슴에
바다를 묻고 살았다.

봄마다 산이 키가 커지는 것은
그리움들이 하나, 둘 헤엄쳐 나왔기 때문이다.

먼 바다를 보기 위해
까치발을 하고 서 있기 때문이다.

뻐꾹나리

날지 못하는 꽃이어서
더욱 눈이 부시다.

네 곁엔 늘 바람이 머문다.

짙은 녹음 숲에서
불 환하게 밝히고

뻐꾸기 날개깃 같은 꽃잎
곧추 세워

하늘 향해 비상할 듯
춤을 춘다.

바람은 제 갈 길을 잃는다.

달맞이꽃

지난 밤 초승달 곱게도 비추었지

헤어지기 섭섭하다 보고 또 보고

저녁이면 다시 만날 그 님인데도

아쉬움에 글썽글썽 또 이슬 맺혔다.

빠라마을_
새삼 사람 사는 곳은 어디든 오고 가는 정이 제일 큰 것이라는 깨달음

빠리마을

넓게 펼쳐진 유채밭에 서면 모든 거짓이 사라질 것 같은 착각이

노랑 제비꽃

산꼭대기에 너는 터를 잡고

보일 듯 말 듯 지친 내 발걸음을 붙잡아 놓고

새색시처럼 마냥 고개만 떨구고 서서

발걸음 돌리면 아쉽다는 듯 가냘픈 손만 흔들었다.

양치기의 꿈

_이란 다쉬트 사막에서

목 길게 빼고 보아도
사방은 회색빛 사막

바위가 모래가 되도록
햇살의 시샘 시들 줄 몰라

먼 지평선 어느 신기루 보이는 날

훨훨 털고 날아오를 수 있을까
이 끝없는 고행의 바다

새 삶을 한 땀 한 땀

III

내 볼은 어느새 보름달이 되고

엄마

꼬불꼬불 좁은 논두렁길 따라

나도 엄마 젖 만지러 가야지

지용이는 자꾸만 엉덩이로 내려오고

팔 힘은 점점 빠져 가는데

두 볼이 빨갛게 달아오를 때쯤에야

울 엄마 손 흔들며 논에서 나오시네.

지용이, 제 엄마한테 젖 물리고

나도 묽어진 엄마 젖 한번 빨고

"아이고, 한하는 아직도 엄마 젖 먹냐?"

어른들 저마다 놀려대어도

울 엄마 젖이 세상에서 제일 맛있어

마흔 살에 낳은 늦둥이

엄마 젖은 쪼그라진 풍선이 되고

내 볼은 어느새 보름달이 되고

씀바귀

장날 엄마는
검정 고무신을 사오셨습니다.
여자들 고무신 코엔
작은 꽃이 그려져 있는데
줄 하나만 그어져 있는
사내애들 고무신을 사오셨습니다.
동무랑 나물 캐러 가던 날
고무신의 한쪽을 찢어 버렸습니다.
씀바귀 쑥부쟁이
넘치게 한 바구니 캐왔어도
엄마의 손바닥 도장이
제 등에 벌겋게 남아있었습니다.
그날 밤 엄마는 찢어진 고무신을
한 땀 한 땀 꿰매 놓았습니다.
아침 밥상에 씀바귀나물
먹음직스럽게 무쳐 나왔지만

그날 나는 찢어진 고무신처럼

울상이 되어 있었습니다.

비래사 관망대_
저 오색의 탈쵸가 바람에 날려 경전이 온 세상에 퍼질 때까지

아버지의 도랑

가을걷이가 끝날 쯤 아버진 온 식구들에게 삽과 양동이를 하나씩 들게 하고서 도랑으로 데리고 갔습니다. 물이 줄어든 도랑 이쪽과 저쪽에 흙으로 둑을 만들어 막아 놓고 오빠들이랑 양동이로 바닥이 보일만큼 물을 퍼내었습니다.

바닥의 물을 퍼내고 나면 그 속에서 장어, 참게, 가물치, 메기, 붕어들이 고무다라이로 서너 개가 찰 만큼 많이 잡혔습니다. 장어나 가물치는 할머니 할아버지 고아드리고, 참게는 게장을 담아 놓고, 메기랑 붕어는 동네 사람들 나눠주고, 나머지는 배를 따고 쪄서 말려두었습니다. 참게장과 말린 물고기는 반찬이 되어 넉넉한 겨울 밥상을 만들어 주었습니다.

담장 위 채반에 널려있는 물고기들을 고양이가 훔쳐가지 못 하도록 지키고 앉아 있다 보면 우리 집도 부자가 된

듯 흐뭇했습니다. 자식들에게 고기반찬 한번 배불리 못해 먹이던 아버지는 철없던 자식들과 함께 흙투성이가 된 얼굴로 도랑 속에서 고기를 잡았습니다.

아버지의 도랑

미라산구_
우린 구름 위를 걸을 수 있었다

국수

마당가 양은솥에서 멸치 국물이 끓었다.

어린 나는 마냥 좋아, 그 불 속에
오빠가 잡아온 미꾸라지, 개구리 뒷다리를
호박잎에 싸서 넣었다.

평상 위 두레밥상엔 시큼한
열무김치 한 사발

애호박 채 썰어 멸치 국물에 풋고추 대파 송송 썰어 넣고
양념간장 끼얹은 하얀 물 국수

오빠는 "오늘도 국수냐"고 방문 꽝 닫고 나갔다.

모깃불만 눈치 없이
매캐한 마당을 서성이던 어느 여름 저녁

추석 전야

담장 위 하얀 박꽃들이
환한 부엌 안을 기웃거린다.

목포행 완행열차의 기적 소리
너른 들판을 가로지르면
아버진 기차역으로 마중을 나가신다.

작은 언니가 집에 오는 날.
집안 가득 기름 냄새에 배가 부른 아이는

감기는 눈 비벼대며
개 짖는 소리에 귀를 기울인다.

할 이야기는 산처럼 많은 데
언니는 인사를 나누는 둥 마는 둥

작은 방에 들어가
깊은 잠에 빠져버린다.

동네 개들 모두 잠 들어도
어머니는
잠든 딸의 머리를 쓰다듬는다.

주석 전야

장강제일만_
난 늘 그 자리에 있었다

풍접초

논일 마치고 돌아 온
우리 할매

장독대 옆 꽃밭에 앉아
'아가 곱다. 참 곱다'

긴 머리 쪽질 때마다
족두리 쓰고 시집올 때 생각나
눈가에 노을이 물든다.

통학차도 끊어진 저녁
주인 없는 밥상에
골목 안, 개 짖는 소리

눈길은 자꾸만
닫힌 대문으로 가지만

빈 골목을 서성이는

나비 한 마리, 밤새

소리 없는 몸짓만 뒤척거렸다.

샹그릴라_
눈에 보이는 것 이상으로
평화로운 그곳에 나는 언제까지고 이방인 일 뿐

뒷간

 동네에서 제일 무섭고도 비밀이 가득한 곳이 우리 집 뒷
간이었다.
 대문 밖 담 모퉁이에 삭아서 구멍 숭숭 뚫린 가마니로
만든 문을 걷고 들어서면 기다렸다는 듯이 밖으로 튀어
나오려는 재들이 햇살을 향해 작은 나비 떼처럼 날아오
르고 있었다.

 구석에선 대병짜리 소주병 속에서 고개를 꼿꼿이 쳐든
뱀 대가리가 곧 튀어나와 온몸을 휘감을 것처럼 무섭게
노려보고, 오른쪽으로 왼쪽으로 엉덩이 무게 중심 이동
에 따라 작은 몸무게에도 삐그덕 거리며 두려움을 주던
나무 발판, 잿간과 경계를 만들어 주던 흙벽돌 낮은 담
위 대바구니에 사각으로 잘려진 밑 닦이 종이들이 가득
채워져 있었다.

 배부른 세끼 밥으로도 늘 해결 되지 않았던 허기를 네

조각이 난 종이의 제 짝을 찾아 미지의 세계를 몰래 훔쳐 보고 있다 보면, 마음 가득한 포만감에 다리가 저린 뒷간 냄새, 하지만 어떤 때보다 행복했던 오래 전 어린 날의 내 이야기보따리

임지의 파송초 호수
돌아올 수 없는 다리가 있다면 돌아갈 수 있는 다리도 하나쯤

그리운 아침

새벽이면 어김없이
아침을 여는 소리들

어릴 적 부엌 아궁이에서
어머니의 식은 재 퍼내는 달그락 소리

절커덕 절커덕 힘겹게 올라오는 작두 물소리
마당 쓸며 간간이 들리는 아버지의 헛기침소리

긴 고샅을 지나는 옆집 할매의 고무신 끄는 소리
돼지우리 안 돼지들 컥컥대는 소리

문 닫으면 세상과 모든 것이 차단된
오늘 나의 아파트

커튼을 빼꼼 열어봐야

추운지, 더운지 알 수 있는

귀가 있어도 사람 사는 소리 들을 수 없는……
이곳은 지금

새벽이 와도 아직
아침이 오지 않는 나의 아파트

삶은 늘……

친정 밥상

친정 밥상에는 뭔가 있다.

조금만 먹어도 배가 부르다.

진수성찬이 아니어도

무엇이나 입에 착착 감기는 맛

엄마 손만 닿으면

도망간 식욕도

다시 돌아오는 친정 밥상

골담초

그 머시마네 집 마당가 한 켠엔
골담초가 예쁘게 피어 있었습니다.

낭창낭창한 가지에 노란 꽃들이
조롱 조롱

그 머시마는 무심코 그 꽃을 따
맛나게 먹었습니다.

아무도 없는 날 그 꽃 한 움큼 따서
나도 입에 넣었습니다.

비릿한 풋내가 햇살처럼 입안에
달착지근하게 번져왔습니다.

꽃은 벌 나비만

유혹한 게 아니었습니다.

리장고성_
저 촛불처럼 환한 희망이 되었으면

미륵사지에서

그대 시선 머물던 곳, 당신의 숨결이
느껴져 차마 돌아설 수 없었는데

탑돌이 하던 그 자리에
제비꽃, 마리꽃, 민들레 지천으로 피어 있다.

연못가에 비친 그림자
자꾸만 짧아져 갈 때

버드나무 가지에
내려앉은 나비 한 마리

가면 날고, 또 가면 날아
그만 주저앉고 말았다.

물결 뒤척이는 소리에

퍼뜩 잠이 깬 미친 어느 봄날 한낮의 꿈

미륵사지에서

파쇼가는 길목
여유롭게 지나는 나그네를 바라보며 그 또한 일탈을 꿈꾸었을지도

겨울나무

하늘과 가까워질수록
나무는 겸손해진다.

높은 곳에 있으나
낮게 내려 앉아 있으나

줄 것 다 주고
베풀 것 다 베푼

겨울나무는
생일날 아침

성주상 앞에서 빌어주시던
우리 할머니를 닮았다.

라올라산_
두 발 대신 두 바퀴가 편리함을 자극하지만

겨울나무

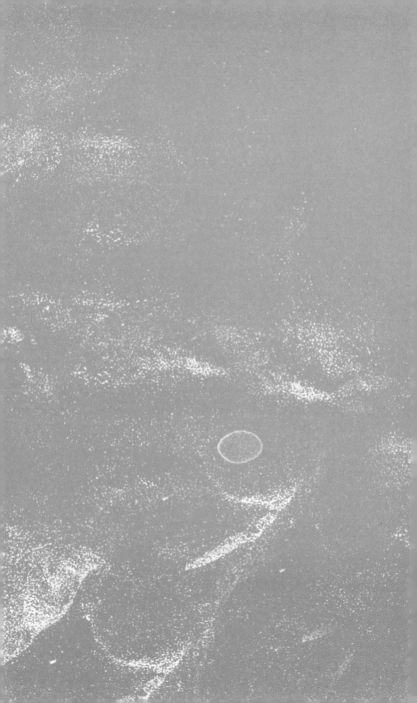

IV

기도 한 번 하지 않은 나를

내 하나님은

내 안에 하나님은
어떤 종교의 신보다 가난하다.

십자가에 내 죄를 대신 짊어져주진 않지만
종종 시름에 빠져 방황하고 있을 때

나 스스로 찾아갈 수 있게 깨달음을 주시는
나의 하나님

나의 하나님은
햇빛도 들지 않는 지하 단칸방에 홀로 사신다.

일주일에 한 번씩 찾아가는 나를 기다리는
늙고 병든 나만의 하나님

그림자와 더 친숙한 골방에서

헌금이나 시주를 하지 않아도

내 삶을 오히려 풍요로움과 감사함으로
가득 채워주시는

기도 한번 하지 않은 나를

집 나간 아이가 돌아온 듯 반갑게 맞이해
주시는 나의 하나님

내 하나님은

미라산구_
하늘 위에 또 다른 초원이 펼쳐지고

김치를 담그며

뻣뻣하던 배추 소금으로 숨을 죽였다.
벗겨지지 않으려 아리도록 손톱 여민 마늘도
속옷 하나 남김없이 알몸이 되었다.

제 몸 지키려 내 눈물샘 콕콕 찔러 대는 쪽파도
한 꺼풀씩 옷을 벗기고, 섞이지 않으려 겉도는
찹쌀가루와 물을 거품기로 팍팍 저어 풀을 쑤었다.

봄부터 땡볕에 온 몸 익어온 고추도
가루 내어 한 쪽에 자리 잡아 놓았다.
어느 하나 아프지 않은 것이 없다.

저마다의 성질 수그러들지 않고
맵고, 짜고, 달고, 아린 맛들이 섞여
입에 맞는 김치로 다시 태어났다.

밤의 소리

살아 있는 것들이 모두 잠든 밤이면
어떤 웅성거림이 시작된다.

늙은 냉장고의 그르렁 거리는 소리
하수구를 타고 쏟아져 내리는 허드레 물들의 수다 소리

종일 뜨거운 햇살을 온 몸으로 견뎌냈던
길 건너 가로등과

우리 집 유리창들도
슬그머니 눈을 뜨고 제 몸을 툭툭 털어댄다.

늦은 밤 불 꺼진 거실에서도
낮에 듣지 못하던 낯선 세상의 소리들이 들린다.

벽에서도 문에서도 그리고 내 안에서도

눈

그것은
물의 반란이었다.

다른 것에게 의지해서만이
형태를 가질 수밖에 없었던
나약한 자신에 대한 부끄러움

햇살의 따가운 눈총이나
부딪쳐 깨지는 것 따위는
조금도 두렵지 않았다.

동장군에게 영혼을 팔아서라도
서로 거리를 두고 바라볼 수 있다는 것
그들에겐 절실한 바람이었다.

무리에 섞여

나를 잃고, 허물어져

다시 일어설 수 없더라도

한 번쯤 꿈꾸는 그들의 열망

밤사이 세상은

반란군에게 점령당했다.

안주라산_
숨이 차는 것도 잊고 무작정 달려간 그곳에

불면의 밤

가시 하나 품었더니
밤새 잠들지 못한다.

지친 파도에 멍이 들고
내가 쉴 수 있는 무인도는 멀기만 하다

출렁거림이 멈추면
언젠가 도착할 텐데

지친 팔, 다리로
헤엄쳐 나아가려 하여도

쉼 없는 파도에
푸른 멍울 커져만 간다.

…격니촌_
쓰촨성 안도에서 1년 3개월을
오체투지로 한걸음 한걸음 나아가 최종 목적지 라싸까지

불면의 밤

짝사랑

그를 생각하면 가슴이 두근거립니다.

가끔 다정한 말로 어루만져 줄 땐
세상 누구보다 더 많은
사랑을 받고 있다고 느꼈습니다.

행복감에 젖어 있다 보면
어느새 그는, 저만치
잡히지 않을만한 거리에 있습니다.

아침이 올 때까지
그리워하고 또 외로워합니다.

서로 사랑하고 있다고 믿었던 건
제 착각이었나 봅니다.

오늘도 그는 바람만 날리고
무심히 제 앞을 지나쳐 갑니다.

포탈라궁_
그들의 희망이 모여 있는 곳

눈 내린 새벽

하얀 나비 떼들이
어지럽게 춤을 추고 있다

가로등 불빛은 어김없이 오늘도
내 창 앞을 지키고 있는데

저 건너 거리에선
차들만 어기적거리며 기어간다.

아무 것도 모른 채 지붕 위에
밤새 눈만 쌓였는데

너는 이미 가버리고
거리엔 하얀 눈만 내리고

진오촌 마을_
이보다 더 행복한 시간이 또 있을까?

눈 내린 새벽

토요일 오후

새 새끼들이
둥지 밖으로 날아가 버렸다.

차가운 햇살을 뚫고
아직 여린 날개 휘저으며 날아다닌다.

둥지 밖 세계로 한 발짝씩 가는 만큼
어미는 홀로 둥지를 지키고 있다.

날개 있어도 날지 못하는
새장 속 어미 새 한 마리

성지 순례

능소화 고개 떨군 이른 새벽
비雨 속에 집을 나섰다.

강경 나바위에는 지금도
김대건 신부가 살아 숨쉬고

여산 동헌에 자리 잡은 고목나무 뿌리에선
아직도 무고한 백성들의 끓는 피가 흐르고 있다

이 길을 걸었을 수많은 사람들
그들이 있던 자리에 지금 내가 있고

먼 훗날 또 다른 그들이 있을 게다.
나를 찾아 나선 낯선 길

눈에 보이지 않기에

존재하지 않는다고 할 수 없는 많은 것들이 보인다.

빗 속 천호성지에 오늘의 나는 사라지고
죽었으나 아직도 살아있는 그들이 있다.

차마고도_
짐승들도 저녁이면 집을 향해가고 나그네도 잠 잘 곳을 찾아가고

바람

살아 있는 것, 죽어 있는 것
모든 것에 바람이 있다.

스쳐가는 모든 것에
바람 아닌 것이 없다

나도 한 때는 누군가에게
크고 작은 바람이었을 것이다

태풍이 아니었으면 좋겠다.

한 여름 땡볕에 내리는
조용한 그늘처럼

누군가의 마음에 살며시 내려
안기는 바람

한 줄기

산들 바람 같은 것이었으면 좋겠다.

밀두빙천_
그들만의 방식으로 살아가는 모습이
오히려 우리보다 더 많이 풍요로워 보였다

꽃

마주치는 그 순간만
너를 사랑하겠다.

네가 나를 찾아
손 내미는 순간만큼만 사랑하겠다.

너를 사랑하지 않는 시간이
진정으로 너를 사랑하는 시간이다.

가만히 서로의 눈높이를 맞추고
마음으로 감동을 느끼는 것

늘 그대로
내가 있는 이 자리에서

먼 산 바라보듯

너를 그리워 할 수 있는

손 내밀지 않는, 그것만이
진정한 나의 사랑이다.

격니촌_
여행은 또 다른 일상을 꿈꾸는 밑거름

빗장

이제 빗장을 채워야겠다.

열려진 대문 밖은
지금 태풍 경보 중이다.

호기심으로 세상 밖을
기웃거리던 어리석음 때문에

어느새 낯선 객들이
나의 안방을 침범한다.

야물지 못한 주인은
저물도록 밖을 서성인다.

더 이상 객들이
집에 들지 못하도록

대문의 빗장 단단히 채워야겠다.

우렁각시의 꿈

가끔 나는 누군가의
우렁각시가 되고픈 꿈을 꾼다.

남루하고 우울한 그의 집을
구석구석 거품 많이 나는 비누로
깨끗하게 닦아 놓고

하얀 찔레꽃 향기 가득
넘치게 채워 두리라.

맛있는 한 끼의 식탁과
그가 나를 상상할 수 있는
촛불 하나 밝혀두고

하룻밤 꿈에서 깨어

다시 일상으로 돌아오는

오늘도 나는 누군가의
우렁각시 꿈을 꾼다.

우렁각시의 꿈

옌징_
오를 수 있을 때까지 지치지 않고 오르려는 투지 또한 필요하다고

고향을 찾아가는
오디세우스의 기나 긴 여정

김동수(시인, 백제예술대학 교수)

시는 짓(作)는 게 아니라 '발(發)하는 것'이라 하였다. 몸이 아프면 신음 소리가 저절로 나오듯, 마음속에 생각이 고이면 그게 밖으로 흘러나오기 마련이다. 때로는 엄마 앞에서 보채대는 어린 아이처럼, 시는 오랫동안 우리의 마음속에 쌓여 있던 생각과 느낌, 아니 저 무의식의 심연 속에서 웅크리고 있던 영혼의 칭얼거림이기도 하다. 그것은 마치 연어(鰱魚)의 회귀처럼 본래적 자아(own nature)로 되돌아가려는 영육간의 합일이요, 자아와 세계가 하나로 통합을 꿈꾸는 근원적 갈망과 그리움에 다름 아니라고 본다.

인간은 태어나는 순간부터 낙원(어머니의 모태)을 잃었다. 아니 더 멀리로는 에덴 동산에서 추방된 순간부터 인간은 영원한 이방인이 된 셈이다. 그러기에 인간은 궁극적으로 완전한 존재를 지향한다. 어느 날 문득 가던 걸음을 멈추고 우리의 삶을 뒤돌아보는 것도 이 완전성에 대한 동경이요, 노천명이 '물속의 제 그림자를 들여다보고?어찌할 수 없는 향수에 ? 먼데 산을 쳐다'(「사슴」)보는 것 또한 이와 다르지 않다.

　김한하의 『우렁각시의 꿈』또한 이러한 그의 내면적 되물음, 곧 존재의 근원에 대한 탐색과 새로운 세계에 대한 갈망에서 비롯되고 있다. "글쓰기 전 내 삶은 세상과 타협하지 못하고 가야할 길을 찾지 못하는 방황의 삶이었다. 언제부터인가 내 속의 말을 글로 풀어내기 시작하였다. 글을 쓰면서부터 막혔던 숨통이 트이고 내가 무엇을 하고 싶은지 알게 되었다."라고 그는 말(발간사)한다. 그 무엇인가를 세상에 알리는 자기표현, 그것은 자신의 공간속에 오랫동안 갇혀 있던 억압고통으로부터의 해방이요, 부재의 시간 속에서 정신적 허기를 채우기 위한 결핍된 언어와의 대화, 곧 자기 존재의 확인인 셈이다.

자아(self)의 정체성을 탐색해가기 위해, '나는 누구인
가?', '나는 어디에서 와 지금 어디를 향하여 가고 있는
가?' 등을 되물으며, 그는 때때로 어린 시절 그가 뛰놀고
자란 김제 평야의 너른 들녘을 찾아가곤 한다. 거기에는
식솔들을 이끌고 나와 흙투성이 된 얼굴로 물고기를 잡
던 아버지의 도랑이 있고, 모내기 하던 엄마를 찾아 애기
젖을 먹이러 갔던 들길이 있는가 하면, 개구리 뒷다리를
호박잎에 싸서 구워먹던 여름날 오빠들과의 매캐한 저녁
마당도 있다.

그러한 어린 날의 추억들이 그의 시의 주요 소재로 등
장하고 있다. 그것들이 그의 정신적 원형질이 되어 그를
붙잡고 있다. 프랑스로 유학 갔던 쇼팽이 선생님이 주신
조그마한 병 속의 흙을 책상 위에 올려놓고 자신이 폴란
드 사람임을 항시 기억했듯, 그 또한 어린 시절 가족들과
의 갖가지 추억들이 배인 고향 들녘의 흙내음과 바람결
을 결코 잊지 못하고 있다.

꼬불꼬불 좁은 논두렁길 따라

나도 엄마 젖 만지러 가야지

지용이는 자꾸만 엉덩이로 내려오고

팔 힘은 점점 빠져 가는데

두 볼이 빨갛게 달아오를 때쯤에야

울 엄마 손 흔들며 논에서 나오시네.

지용이, 제 엄마한테 젖 물리고

나도 묽어진 엄마 젖 한번 빨고

"아이고, 한하는 아직도 엄마 젖 먹냐?"

어른들 저마다 놀려대어도

울 엄마 젖이 세상에서 제일 맛있어

마흔 살에 낳은 늦둥이

엄마 젖은 쪼그라진 풍선이 되고

내 볼은 어느새 보름달이 되고

-「엄마」전문

    그는 우리나라 최대의 곡창지대인 호남평야의 중심지
(김제시와 인접한 정읍군 감곡면)에서 태어났다. 가도 가도 너
른 들녘과 지평선 뿐인 그곳에서 태어나고 자랐다. 그가
맨 먼저 태어나 바라본 것도 호남평야의 들녘과 하늘이
요, 세상 밖으로 맨 먼저 나온 외출도 어쩌면 무논에서

일하다 나와 그에게 젖을 물려주던 그 들녘의 흙내음과 어머니의 체취였을 것이다.

모내기 철이 오면 온 동네 사람들은 왜가리들처럼 들녘으로 흩어져 종일 모내기를 하곤 하였다. 이 때 집안에 남아 갓난아이를 돌보던 꼬맹이들은 자기 몸뚱어리만한 갓난아이를 등에 업고 먼 논둑길을 찾아 나서곤 하였다. 오뉴월 장천에 아장거리며 젖을 먹이려 동구 밖으로 걸어 나온 아이들을 본 엄마들은 일손을 멈추고 나와 잠깐 아기에게 젖을 물려주고 다시 모내기를 하곤 하였다.

이웃집 '지용이, 제 엄마한테 젖 물리고/ 나도 묽어진 엄마 젖 한번 빨고'에서 이웃 간의 돈독한 유대 그리고 자기도 묽은 엄마의 빈 젖을 함께 빨며 의기양양해 하는 어린 시절 시인의 시샘 많은 모습이 한 폭의 정감어린 풍속화처럼 생생하게 그려져 있다.

장날 엄마는

검정 고무신을 사오셨습니다.

여자들 고무신 코엔

작은 꽃이 그려져 있는데

줄 하나만 그어져 있는

사내애들 고무신을 사오셨습니다.

동무랑 나물 캐러 가던 날

고무신의 한쪽을 찢어 버렸습니다.

씀바귀 쑥부쟁이

넘치게 한 바구니 캐왔어도

엄마의 손바닥 도장이

제 등에 벌겋게 남아있었습니다.

그날 밤 엄마는 찢어진 고무신을

한 땀 한 땀 꿰매 놓았습니다.

아침 밥상에 씀바귀나물

먹음직스럽게 무쳐 나왔지만

그날 나는 찢어진 고무신처럼

울상이 되어 있었습니다.

-「씀바귀」전문

다음은 '신발'에 대한 추억이다. 우리의 속언에도 '꿈에 신발을 얻어 오면 귀인의 도움을 받는다.'라고 전해오고 있다 '신데렐라와 유리 구두'에서도 새엄마의 학대를 받고 있던 신데렐라가 유리 구두 한 켤레를 얻어 마침내 왕비가 되었다는 이야기처럼 신발은 그 사람의 신분과 지위의 상징이기도 하다. 그런데 이 시에서 등장하고 있는 그녀의 신발은 찢어져 바늘로 꿰맨, 그것도 '줄 하나만 그어져 있는 사내아이들 용(用)의 검정 고무신'이었다.

한창 호기심 많고 예뻐 보이고 싶은 어린 소녀 시절, '고무신 코에 작은 꽃이 그려져 있는' 예쁜 여자 애들의 고무신은 끝내 그에게 허용되지 않았다. 그래서 이 '찢어진 고무신'처럼 울상이 된 어린 날의 추억. 그것을 시인은 '씀바귀'에 비유했다. '씀바귀'는 나물들 중에서도 가장 쓴 나물이다. 그래서 아이들은 이 나물을 잘 먹지 않고 피한다. '찢어진 고무신'과 '씀바귀'는 어린 날 그에게 내상을 안겨준 정신적 트라우마(trauma)로 자리하게 된다.

가을걷이가 끝날 쯤 아버진 온 식구들에게 삽과 양동이를 하나씩 들게 하고서 도랑으로 데리고 갔습니다. 물이 줄어든 도랑 이쪽과 저쪽에 흙으로 둑을 만들어 막아 놓고 오빠들이랑 양동이로 바닥이 보일만큼 물을 퍼내었습니다. / 바닥의 물을 퍼내고 나면 그 속에서 장어, 참게, 가물치, 메기, 붕어들이 고무다라이로 서너 개가 찰 만큼 많이 잡혔습니다. ─중략─ 아버지는 철없던 자식들과 함께 흙투성이가 된 얼굴로 도랑 속에서 고기를 잡았습니다.

―「아버지의 도랑」부분

　　그런가 하면 비록 어려움 속에서도 이처럼 아름다운 추억도 있다. 가을걷이가 끝나면 온 식솔들이 아버지의 지휘 아래 총 동원되어 도랑을 막고 물고기를 잡았다. 그 중에서 '장어나 가물치는 할머니 할아버지 고아드리고, 참게는 게장을 담아 놓고, 메기랑 붕어는 동네 사람들 나눠주고, 나머지는 배를 따고 쪄서 말려' 넉넉한 겨울 밥상을 만들어 주셨다. 그런 아버지에 대한 그리움과 가족들 간의 사랑이 질박한 서사적 산문시 속에 사실적으로 그려져 있다.

　　그의 유년은 이처럼 대부분 고백체로 이루어져 있다. 고백은 마음속의 무거운 짐을 터는 일이다. 마치 신부님 앞에서 고해성사를 하듯 김한하는 이 시집을 통해 그간 그녀의 내면 깊숙이 자리한 어둡고, 그립고, 애틋한 그늘의 정서에서 벗어나고 있다. 마치 애벌레가 고치의 허물을 벗고 눈부신 한 마리의 나비로 변모해 가듯, 그의 이번 고향 순례에는 한 시대를 접고 또 한 시대로의 진입을 꿈꾸는 치유와 변용의 아름다움이 있다.

그는 일찍이 낯선 도회지로 진출하면서부터 고향 상실을 체험하게 된다. 문명이 발달하고 생활이 인공화 됨에 따라 인간은 자연으로부터 분리된다. 그래서 너른 들녘에서 야생마처럼 뛰놀던 그가 문명권에 편입되어 실향민처럼 떠돌 때마다 그리운 것은 고향 들녘과 그 흙내음이었다. 그 때마다 산과 들을 찾아 그곳에서 자신의 분신처럼 피어 있는 들꽃들을 카메라에 담았다. 어린 시절 들녘에서 익히 보아왔던 풀꽃들이었다. 그 풀꽃들은 시인의 유년이 담겨 있는 고향의 모습이요, 자신을 닮은 객관적 상관물에 다름 아니었다.

이름 없는 산골짜기나 외진 들녘에서 자기의 성품대로 자라고 있는 들꽃들, 그들은 각기 나름대로의 묘한 매력으로 그를 불러내곤 하였다. 그리하여 '눈 속에서도 먼 산으로 내 발길을/ 옮기게 하고'(〈복수초〉), '인적 없는 산사에서/ 어여쁜 새악시의 모습으로/ (나를) 기다리고 있는가 하면(〈금낭화〉) , '있는 듯 없는 듯 / 가슴에 푸른 멍이 든 〈옥잠난〉'을 보면서 때로는 가슴이 뛰기도 한다.

산은 오래전부터
가슴에 바다를 묻고 살았다.

봄마다 산이 키가 커지는 것은

그리움들이

하나, 둘 헤엄쳐 나왔기 때문이다.

먼 바다를 보기 위해

까치발을 하고 서 있기 때문이다.

-「현호색」, 전문

　현호색은 꽃샘추위가 기승을 부리는 춘분 무렵 영하로
떨어진 추운 날씨 속에서도 피어나, 4–5월 중 초록의 새
싹들이 다투어 피어나기 시작할 때까지, 송사리 같이 길
다란 나팔 모양의 청보라색으로 피어나는 들꽃이다. 김
관식 시인은 이 꽃을 '길쭉한 /풍선 같은 꽃/ 청자색/대롱
끝에/ 입을 쫙 벌린/ 어린 새 같은/ 꽃/옹기종기 모여 앉
아/ 엄마 새가/ 다가오면/시끄럽게/입을 벌리는 듯' 피어
있다고 이 꽃의 외관적 형상을 실감나게 묘사한 바 있다.
　그러나 김한하는, 겨우내 눈보라 속에서도 현호색(꽃)
이 죽지 않고 살아 있을 수 있던 것은 그가 '오래 전부터/
가슴에 바다를 묻고 살아 왔기 때문'이라고 했다. 비록
산 속에 갇혀 살고 있지만, 산 너머 저 어디엔가 있을 너

른 바다를 보고 싶은 열망과 그리움으로 까치발을 하고
서 있다.'는 인식(상상력)이다. 그는 현상(現象)을 보는 게
아니라 현상(色) 너머의 본질(空), 곧 형이상학적 실체(깨달
음)를 통찰하고 있는 것이다. 그의 삶을 움직이는 동력은
이처럼 보이지 않는 어떤 정신적 가치나 내재적인 힘-
'의미의 의지(will to meaning)'-에 있음을 보여주고 있다.
삶의 의미를 찾는 존재는 인간밖에 없기 때문이다.

　시는 물리적 현상이 아니라 그것을 통한 시인의 주관
적 인식이 중심이 된다. 그러기에 봄만 되면 "그리움들
이/ 하나, 둘 헤엄쳐 나와', ' 먼 바다를 보기 위해/ 까치
발을 하고 서 있기 때문에-산(山)들이 키가 커지는 것'
이라고 했다. 퍽 논리적(logical sentence)이고 참신한 상상
력으로 바다처럼 큰 그리움을 안고 사는 이의 내밀한 심
사가 5월의 숲처럼 싱그럽게 부풀어 올라 있다.

　절집 담장에 고들빼기
　보금자리 잡았다.
　뭐 그리 궁금한 게 많은지
　고개를 쭈욱 빼들고
　담장 안을 기웃 거린다.

스님들 발걸음도 조심스럽다.

-「고들빼기」, 전문

인적 없는 산사에서

누구를 기다리나

어여쁜 새악시

초롱불 밝혔다

처마 끝 풍경 소리도

나그네 발걸음도

조롱조롱……

이 환한 봄날에

-「금낭화」, 전문

    절집 담장에 터를 잡은 '고들빼기', 그러나 척박한 현실을 탓하지 않는다. 오로지 주어진 운명을 사랑할 뿐이다. 그런 속에서도 '고개를 쭈욱 빼들고' 호기심 많은 소녀처럼 '담장 안을 기웃거린다.' 그런 '고들빼기' 소녀의 마음에 호응이라도 하듯 '스님들 발걸음도 조심스럽다'는 낯선 패러프레이즈(paraphrase)의 기법은 앞에 경물(景物)을 내세우고 뒤에 뜻을 전달하는 전경후정(前景後情)

또는 상세한 설명 대신 형상을 세워 뜻을 전달하는 입상진의(立象盡意)의 전통적 한시 작법과도 다르지 않다.

이러한 기법은 「금낭화」에서도 이어지고 있다. 맨 끝 행에 가서 독백처럼 슬그머니 중얼거리는 '이 환한 봄날에' 의 변주(變奏)가 그것이다. 이는 '금낭화' 의 '어여쁨' 을 고조시켜주기 위한 오묘한 후경(back ground) 장치로서의 역할을 하고 있기 때문이다. 뿐만 아니다. 산사에 외롭게 누구를 기다리고 있는 '금낭화' 를 '초롱불 밝히고 서 있는 어여쁜 새악시' 로 은유화 했는가 하면, '스님들 발걸음' 이라는 청각적 이미지를 '조롱조롱' 이라는 의태(시각)적 이미지로 돌연 치환 시켜 공감각적 이미지를 연출하고 있음 또한 그의 남다른 시적 재능이 아닌가 한다.

II. 나의 하나님

김한하 시의 강력한 모티브가 앞의 고향(자연)으로의 귀향(회귀) 의식이라 한다면, 다른 하나는 시적 대상과의 거리를 통한 정관적(靜觀的) 자세에서 건져 올린 자기 인식의 세계라 하겠다. 그것은 사물을 고요히 바라보면서 그 속에서 떠올린 새로운 인식 혹은 형이상학적 자기 발

견의 세계이다. 예컨대 「봄바람」에서 시적 대상 , 곧 봄
날 밤, 밤새 바람이 불고 '봄비가 오던 이튿날 아침에 돋
아나는 새싹'을 보고, 간 밤 '초야를 치른 새색시의 연두
치마폭'을 떠올리는 주관적 인식의 세계가 곧 그것이다.

간밤에 초목들
바람이 났나 봅니다.

비바람 끌어안고
밤새 뒤척이더니

초야를 치른 새색시처럼
수줍은 연두 치마폭

물방울 잎새마다
햇살 머금고

풋내음
여린 싹들 돋아납니다.

―「봄바람」전문

봄날 밤비를 맞고 새롭게 피어나는 '새싹'들을 그저 범상하게 보아 넘기지 않고, 그걸 '초야를 치른 새색시의 '연두 치마폭'과 동일시하여 변용시킨 시적 은유는 독자들에게 신선한 자극과 시적 감흥을 불러일으킨다. 이처럼 좋은 시는 주관적 감정의 정서적 표현보다는 대상을 통해 어떤 정서의 질과 밀도를 높일 수 있도록 자기 인식의 세계가 구체적으로 형상화 되어 형이상학적 논리망으로 긴밀하게 구축되어 있다.

　　산 그림자마저
　　연두 빛으로 물들겠다.

　　어찌 그리 투명한지
　　처녀 속마음까지도 훤히 들여다보겠다.

　　추운 겨울, 아직 잠도 덜 깬
　　제비꽃과 눈 마주치다

　　부끄러운 봄 햇살
　　얼굴 더욱 붉었다.

　'봄 햇살'이 더욱 붉어진 건 '아직도 잠이 덜 깬 제비꽃 아가씨와 눈이 마주쳤기 때문'이라는 시적 발견(상상력) 또한 이와 같은 맥락이다. '봄 햇살'이 하도 투명하여 → 산 그림자마저 / 연두 빛으로 물들이겠고', '처녀 속마음까지도 훤히 들여다보겠다.'는 주관적 인식의 발견 또한 객관적 물리적 현상을 → 주관적 인식의 새로움으로 전환시킨 경이로운 은유에 다름 아니다. '투명함'이라는 추상적 관념을 '연두 빛'이라는 시각적 이미지와 '처녀 속마음'이라는 구상적 이미지로 변용(동일화) 시킨 그의 시적 통찰력이 오묘하다.

　　국밥집 할머니는 무서운 게 없습니다.
　　쌩쌩 달리는 차들 사이를
　　무대포로 달려 나가기도 하고
　　"호랭이 물어갈 놈"
　　"짐승만도 못한 것들", 입에선
　　시도 때도 없이 욕들이 튀어나옵니다.
　　국밥집 앞에는 늘 진돗개가

늘어지게 잠을 자고 있습니다.

그 옆 시멘트 바닥엔 아침마다

반찬 없는 밥상이 하나 차려져 나옵니다.

한 무리의 참새들이 날아와

아침 식사를 합니다.

실눈 뜨고 잠시 귀찮은 듯 바라보다

모른 척 다시 잠을 자는 진돗개나

옆에 개가 있어도 아랑곳없이

밥알을 주워 먹는

참새들의 풍경이 일상인 듯합니다.

　　　　　　　　　　　　　　−「국밥집 참새」전문

　주관이 배제된 채 있는 사실을 그대로 그려 놓은 한 폭
의 시장 풍경 사진이다. 부산하게 오가는 '욕쟁이 할머
니'의 모습과 '쌩쌩 달리는 차들' 사이에서 '늘어지게
잠을 자고 있는 진돗개' 그리고 '참새 떼들의 아침 식사'
라는 소재들이 그것이다. 앞의 시 두 편(「봄바람」, 「봄 햇
살」)이 자연 풍광에 대한 묘사라 한다면 「국밥집 참새」는
삶의 현장, 곧 리얼리즘적 풍경에 해당된다. 그것도 사회
의 중심부에서 멀어진 변두리 소시민들의 소외 의식, 그

러면서도 열심히 살아가는 그들의 건강한 삶의 이야기들이 대부분이다.

그는 사진작가이기도 하다. 여행 중에도 카메라를 늘 가지고 다니며 글로 미처 풀어내지 못한 인상적인 장면들을 순발력 있게 포착하여 그걸 앵글에 담곤 한다. 그래서인지 그의 시의 대부분은 한 장의 사진을 보듯 아니 영화의 한 장면을 보듯 생동감 넘치는 삶의 현장과 고단한 생의 이면들이 고즈넉하게 담겨 있다.

바라봄을 통해 그는 자기(self)를 발견한다. '내가 누구인가?', '나는 어떠한 존재인가?', '나는 왜 존재하는가?' 등, 이런 의문과 질문을 통해 자신을 발견하고 그걸 바탕으로 미래를 다시 꿈꾸게 된다. 인간은 자아를 스스로 인식하는 데서부터 자신의 삶을 새롭게 펼쳐 나아갈 수 있다. 사회적 존재로서 내가 해야 할 일이 무엇인지를 알 때, 다른 사람들과의 관계 속에서 나 자신을 확인할 수 있고, 이를 통해서 나의 소망과 비젼을 새롭게 정립해 갈 수 있기 때문이다.

기와에 풍란을 붙인다.

오래 입은 옷처럼 자연스럽다.

뿌리 내릴 흙 한줌 움켜 쥘 수 없지만

그래도 버틸 공간이 있다는 것

이, 얼마나 든든한 일인가

베란다 한 켠 기와 위에

난꽃 하나 피어 있다.

—「풍란」전문

'베란다 한 켠 기와 위에 /피어 있는 난꽃 하나', 그게 오늘을 살아가고 있는 시인의 자화상이다. 그 동안의 방랑과 귀향, 자기 성찰을 통한 자아 탐구와 자기 발견의 모습이 보인다. 그것은 트로이 전쟁의 영웅 오디세우스가 20여 년의 방랑과 고난 끝에 고향 이카타를 찾아 안착을 하듯, 그 또한 그동안 서성이고 망설이던 젊은 날의 갈등과 방황을 넘어 이제는 세계(기와)와 자아(풍란)가 하나가 되어 안정을 구축하고 있다. 아직 '뿌리 내릴 흙 한줌 움켜 쥘 수 없지만/ 그래도 버틸 공간이 있다는 것'에 감사하는 마음, 이는 안분지족(安分知足)의 겸허한 자세로 돌아온 시인의 모습에 다름 아니다.

그러나, 나무가 한 겨울을 나기 위해서는 가을에 모든

잎사귀를 겸허하게 내려놓고 추운 겨울을 기다리듯, 그 또한 자기의 운명과 분수를 알고 있기에, 고립무원의 전투에서 살아남기 위해서는 더 이상 물러 설 수 없는 여전사(女戰士)임을, 그리하여 그도 이제는 스스로의 힘으로 겨울을 이겨내야만 한다는 전제, 곧 외유내강의 단호함이 시의 후경(後景)에 깔려 있음 또한 독자들이 놓쳐서는 안 될 복선이라 하겠다.

    내 안에 하나님은

    어떤 종교의 신보다 가난하다.

    십자가에 내 죄를 대신 짊어져주진 않지만

    종종 시름에 빠져 방황하고 있을 때

    나 스스로 찾아갈 수 있게 깨달음을 주시는

    나의 하나님

    나의 하나님은

    햇빛도 들지 않는 지하 단칸방에 홀로 사신다.

    일주일에 한 번씩 찾아가는 나를 기다리는

    늙고 병든 나만의 하나님

    그림자와 더 친숙한 골방에서

    헌금이나 시주를 하지 않아도

내 삶을 오히려 풍요로움과 감사함으로

가득 채워주시는

기도 한번 하지 않은 나를

집 나간 아이가 돌아온 듯 반갑게 맞이해

주시는 나의 하나님

- 「내 하나님은」전문

  삶의 이역으로 밀려나 있는 소외자(minority)들에 대한 관심이 여전하다. 니체가 신은 죽었다고 했다. 그러나 신은 죽지 않고 아직 살아 있다. 다만 김춘수가 '사랑하는 나의 하느님, 당신은 / 늙은 비애다 / 푸줏간에 걸린 커다란 살점이다.' 했듯이 그의 하나님은 이렇게 '햇빛도 들지 않는 지하 단칸방에 홀로 사시며/ 일주일에 한 번씩 찾아가는 나를 기다리는 / 늙고 병든' 노파일 뿐이다. 그의 하나님은 이처럼 애처로움과 슬픔의 형상화. 곧 세속의 사람들에게 지쳐버린 '늙은 비애'이거나, 아니면 세속의 사람들에게 탐욕의 대상으로 전락해버린 '푸줏간의 살점'처럼 '애처롭고 하찮은 존재'들로 드러나 있다.

  김한하는 그들을 그의 하나님이라고 부르고 있다. '기도 한번 하지 않은 나를~오히려 풍요로움과 감사함으로

/가득 채워주시는' 나의 하나님이라고 그들에게 감사를 드리고 있다. 이는 역설이다. 일주일에 한 번씩 지하 단 칸방으로 도시락을 배달하는 그가 그들의 하나님일 수도 있기 때문이다. 그는 실제로 도시락을 배달하러 매주 월 요일이면 전주시 노송동 일대의 독거노인 댁을 방문한 다. 1남 1녀를 둔 한 가정의 어머니요, 사업을 하는 남편 을 뒷바라지하면서, 또 불혹을 넘긴 나이에 대학에 진학 하여 문학을 전공하고 있다. 그런 중에도 과 수석을 할 정도로 학업에도 열중하는, 만학도이다. 그런 중에 또 시간을 내어 아무도 돌보지 않는 병든 노인들에게 도시 락을 배달하고, 목욕을 시켜드리고, 때로는 잔심부름까 지도 해 드리고 온다. 그의 하나님은 멀리서 구두선(口頭 禪)만 하고 있는 세속적 신앙이 아니라 세상의 그늘에 가 려져 있는 소외자들 속에서 남모른 실천을 통해 드러나 있다.

Ⅲ. 또 다른 고향을 꿈꾸며

　귀향은 출향을 전제로 한다. 그것은 새로운 세상으로 나아가려는 그의 강렬한 생명력이다. 그러기에 트로이

성을 함락한 후 오디세우스가 갖은 고난의 역경을 거쳐 고향으로 돌아오듯, 이번 그의 고향 순례 또한 출향과 귀향을 통한 자아 탐구, 곧 그동안 자아 상실에서 오는 혼란을 넘어 자아의 정체성을 확립하고 복원하는 새로운 계기가 된다.

가끔 나는 누군가의
우렁각시가 되고픈 꿈을 꾼다.

남루하고 우울한 그의 집을
구석구석 거품 많이 나는 비누로
깨끗하게 닦아 놓고

하얀 찔레꽃 향기 가득
넘치게 채워 두리라.

맛있는 한 끼의 식탁과
그가 나를 상상할 수 있는
촛불 하나 밝혀두고
하룻밤 꿈에서 깨어

다시 일상으로 돌아오는

오늘도 나는 누군가의

우렁각시 꿈을 꾼다.

　　　　　　　　　　　−「우렁각시의 꿈」전문

「우렁각시의 꿈」그것은, 그에게 있어서 제2의 고향, 곧 그가 꿈꾸는 미지의 이상적 처소(處所)로서의 또 다른 고향일 것이다. 제 1의 고향이 그가 태어난 생래적이고도 원초적인 호남평야에서 생성된 '아(我)'로서의 들녘이라면, 제2의 고향은 그가 사회적으로 새롭게 태어날 보다 큰 '비아(非我)'의 가치 지향적 · 이상적 동경의 세계일 것이다.

문학의 토양은 상처다. 그 상처와 결핍이 글을 쓰게 하는 원동력이다. 그 원동력이 어린 날, 그리고 낯선 타향에서 겪은 갖가지 아픈 기억들을 친근하고 소박한 소재를 통해 어둠 속에서 상처받고 있는 우리들의 가슴을 위로하고 때로는 정화시켜 주기도 한다. 시는 감정이 아니라 체험이라고 하였다. 그래서인지 어린 시절 고향의 체험으로부터 시작된 그의 시는 들과 산과 같은 자연 세계와 삶의 현장을 통해 터득된 삶의 진실을 성찰하면서 본래적 자아(self)를 발견한다. 그리고 그걸 바탕으로 또 다른 고향을 향해 「우렁각시의 꿈」을 꾸게 된다. 문학을 통해 현실의 고난을 아름다운 것으로 변용시킨 그의 시는 이처럼 자기의 상처를 치유하고 남의 아픔을 위로하는 문학적 행위로 거듭나기도 한다.

지속하기 위해서는 변화해야 한다. 하지만 변화 속에서도 항상 지켜야 할 불변의 가치가 있다. 그 불변의 가치는 과거로부터 온다. 조상의 피와 정신을 이어 받았던 고향의 하늘과 땅과 바람결의 속삭임. 어릴 때부터 체득된 이러한 고향의식은 그의 영혼의 원형질로 이어져 갈 것이다. 그런 의미에서 김한하가 이번 그의 첫 시집을 고향순례에서 시작하고 있음은 값지다. 혼란과 방황을 넘어 그의 정체성을 되찾고 또 다른 세계로 나아가려는 전초전으로 보이기 때문이다. 지속과 변화를 동시에 추구하는 이번 『우렁각시의 꿈』이 앞으로 어떤 모습으로 철학적 인식의 깊이를 더해 가면서 새로운 정신세계를 선보일지 기대하는바 자못 크다.

우렁각시의 꿈

초판1쇄 인쇄 | 2010년 01월 07일
초판1쇄 발행 | 2010년 01월 08일

지은이 | 김한하
펴낸이 | 박대용
펴낸곳 | 도서출판 징검다리

주소 | 413-834 경기도 파주시 교하읍 산남리 292-8
전화 | 031)957-3890,3891 팩스 031)957-3889
이메일 | zinggumdari@hanmail.net

출판등록 | 제 10-1574호
등록일자 | 1998년 4월 3일

＊이 책은 전라북도 문화예술진흥기금으로 발간비 일부를 충당하였습니다.